ADIEUX DE NAPOLÉON.

Élégie Héroïque.

ADIEUX DE NAPOLÉON.

ÉLÉGIE HÉROÏQUE,

SUIVIE DE QUELQUES AUTRES PIÈCES DE VERS ;

Par M. H*** A***.

PRIX : 1 FR. 50 C.

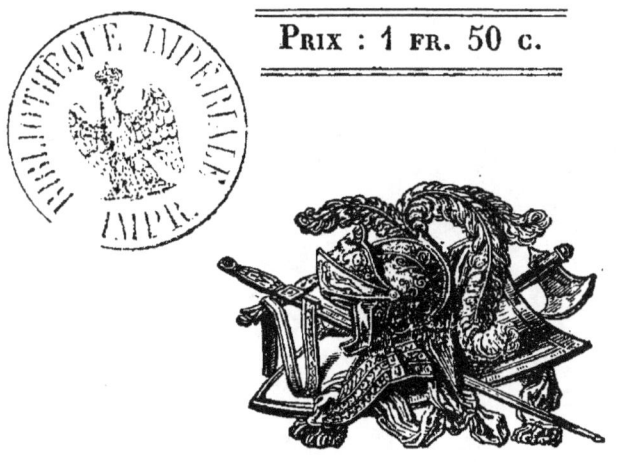

A PARIS,

CHEZ { LECAUDEY, PONTHIEU, DELAUNAY, } Libraires, au Palais-Royal ;

Et à la Librairie de l'Industrie, rue Saint-Marc-Feydeau, n. 10.

1827.

ADIEUX DE NAPOLÉON,

A FONTAINEBLEAU.

Il part pour l'Ile d'Elbe, le 20 Avril 1814.

Élégie Héroïque.

LE grand Napoléon, du trône descendu,
De sa fidèle Garde est encore attendu :
A se montrer à lui tristement empressée,
Des revers d'un héros la Garde est oppressée.

Immobiles, mais fiers, aux combats endurcis,
Par des soleils divers, les braves tout noircis,
Vers l'astre qui naguère, aux jours de la victoire,
A dardé les rayons d'une brillante gloire,
N'ont point tourné leurs yeux farouches, consternés :
Sur la terre qu'il quitte ils sont tous prosternés.
Celui qui fut des Rois la terreur et le maître,
Tel que l'astre au déclin, est prêt à disparaître.
Il vient, parcourt les rangs de ses nobles soldats,
Pâle et silencieux, il ralentit ses pas :
D'Arcole, de Lodi, des fières Pyramides,
Il voit des bataillons les débris intrépides.....
D'Austerlitz, de Friedland, de Moscou, de Madrid,
Il voit les grenadiers ; leur aspect l'attendrit :
Contemplant les témoins de son antique gloire,
Napoléon croit lire aux fastes de l'histoire.
Ces guerriers sans égaux, par les destins trahis,
Qui vont quitter leur père et passer à Louis,
Paraissent à ses yeux mériter des couronnes,
Et du temple de Mars devenir les colonnes.
Vous étiez là, Belliard, Drouot et Corbineau,
Vous, fidèle Bertrand, et vous, noble Ornano.
Des princes conjurés il voit les émissaires;
Ils vont le reléguer sur des rocs solitaires :
La douleur a brisé son magnanime cœur.

Cependant, en ce jour, plus grand que son malheur :
« Je vous fais mes adieux, leur dit-il, je vous quitte ;
» Que la France envers vous, généreuse, s'acquitte !

» Je t'implorais, ô mort! mais je dois accomplir

» Mes destins rigoureux, et j'attends l'avenir...

» Soldats! depuis vingt ans le monde vous contemple;

» Aux guerriers à venir vous servirez d'exemple :

» Je suis content de vous. Chevaliers de l'honneur,

» Vous êtes les soldats sans reproche et sans peur.

» Du monde contre moi les masses déchaînées,

» De mon immense empire ont clos les destinées;

» Trahissant leur pays, leur prince, leurs drapeaux,

» Je fus abandonné par d'ingrats généraux...

» Par vous, par une armée invincible, fidèle,

» Je pouvais prolonger ma sanglante querelle,

» Mais j'aurais des Français aggravé les malheurs.

» A votre nouveau Roi soumettez vos grands cœurs;

» Constamment à vos chefs portez obéissance;

» Vivez pour la patrie, enfans chéris de France !

» Ne plaignez pas mon sort : si vous êtes heureux,

» Content, sur un rocher, je bénirai les cieux.

» Aux siècles à venir léguant votre mémoire,

» De vos exploits si grands je tracerai l'histoire.

» Soldats! je voudrais tous vous serrer dans mes bras....

» J'embrasse votre chef (1). Portez ici vos pas,

» Approchez, général! sur mon cœur je vous presse.

» Apportez-moi votre aigle; hélas! je la délaisse.

» Aigle que je chéris, ah! reçois mon baiser !

» Qu'il résonne en vos cœurs, pour tous les embraser.

(1) Le général PETIT.

» Adieu donc, mes enfans! gardez ma souvenance...

» Mes vœux seront pour vous, même loin de la France... »

Il dit, et les soldats, partageant ses douleurs,

Aux sanglots d'un grand homme ont tous mêlé leurs pleurs.

CHARLOTTE CORDAY.

𝔈𝔩é𝔤𝔦𝔢 ℌ𝔦𝔰𝔱𝔬𝔯𝔦𝔮𝔲𝔢.

*Dédiée à Mlle Fanny A***.*

CHARLOTTE aux bords de l'Orne a reçu la naissance ;
Dans un séjour sacré s'écoula son enfance.
Sa grâce, sa beauté, son aimable candeur
A ses nobles parens promettaient le bonheur.

Une âme tendre et vive, un gracieux visage,
De talens, de vertus le sublime assemblage
De la belle Corday font un ange accompli,
Pour charmer les humains, par le ciel embelli.
D'amans sans nul espoir plaignant le vain délire,
Aux malheurs de la France elle rêve.... et soupire.
Telle on vit Jeanne d'Arc, une houlette en main,
Du léopard fuyant présager le destin;
Telle encore parut, aux murs de Béthulie,
Judith, qui d'Israël a vengé la patrie.
De nos plus grands auteurs méditant les écrits,
De leurs mâles leçons le cœur toujours épris,
Planant, par la pensée, au-dessus de la terre,
Corday semble habiter une céleste sphère.
O vierge! en ton printemps, résolue à mourir,
Un jour, à ton nom seul, les tyrans vont pâlir.

La sage liberté que le Français adore,
D'un noir crêpe est voilée, en sa naissante aurore.
Ils ne sont plus ces jours d'union, de grandeur,
Des Grecs et des Romains éclipsant la splendeur;
Les Français ne sont plus la nation des frères,
Étonnant l'univers par leurs vertus austères,
Fidèles à leurs lois, et dans l'égalité
S'élançant, à l'envi, vers l'immortalité.
L'infernale anarchie, hydre immense, aux cent têtes,
Couvre de pleurs, de sang, nos rives stupéfaites.
Il n'est plus, ce bon roi, modèle de vertu.

Tel qu'un cèdre au Liban, par la foudre abattu.
Par des dragons ailés la France est gouvernée,
En pleurs, devant l'autel, victime prosternée.
Plus d'espoir dans le cœur du Français consterné ;
Les temples étaient clos ; Dieu semblait détrôné.
Par des mânes suivi, plaintifs, criant vengeance,
L'instrument de la mort, sanglant, parcourt la France.
Au char de leurs tyrans, esclaves enchaînés,
Les Français à mourir s'apprêtent résignés.

Leur tyran le plus vil et le plus sanguinaire,
Échappé des enfers pour dépeupler la terre,
Marat, tel qu'un serpent, d'un noir venin pétri,
De reptiles sans nombre est le maître chéri.
De larmes et de sang il était toujours ivre ;
Ah ! s'il vivait encor, qui serait sûr de vivre ?
France ! ne rougis pas, ne voile pas tes traits,
Sèche tes nobles pleurs : il n'était pas Français.
Rejeté sur tes bords par les rocs d'Helvétie,
Des ours et des vautours il avait la patrie.

Dans le cristal d'un bain plongeant son corps brûlant,
Marat éteint ses feux d'un flot rafraîchissant.
L'insatiable tigre, affamé de victimes,
Rêvait, avec délice, une moisson de crimes.
« Par milliers, disait-il, je les immolerai. »
Arrête tes projets, monstre, voilà Corday !

Fuyant et ses parens et les jeux du village,
A punir le forfait excitant son courage,

Des bords fleuris de l'Orne accourue à Paris,
Elle a franchi le seuil du scélérat surpris.
Ses charmes, son éclat, ses contours angéliques,
Allument dans Marat des flammes impudiques.
Dans les flots caressans, savourer le plaisir
Sur un sein virginal qu'il brûle de flétrir,
Tels sont ses vœux impurs à son heure dernière :
La vierge élève au ciel sa muette prière;
Puis au monstre elle dit : « Citoyen, les proscrits
» Conspirent sur nos bords, en secret réunis.
» Propices à leurs plans, nos magistrats rebelles
» Sont à la république opposés, infidèles.
» — Leurs noms, répond Marat, de rage frémissant,
» Qu'ils soient suppliciés ! » Mais la vierge, à l'instant,
Des replis de sa robe arrache avec adresse
Un poignard homicide, et sa main vengeresse
Dans le sein du tyran le plonge tout entier.
Son sang coule à grands flots pour le rassasier.
Sa pourpre, en murmurant, rougit l'onde argentée.
Charlotte ne fuit pas, de remords tourmentée.
Satellites ! couverts de vos bonnets sanglans,
Accourez, brandissez vos glaives menaçans.
« A moi ! » s'écria-t-il, mais trop tard; il expire.
On enchaîne la vierge; — elle marche au martyre.

Marat, qui des Français fut le constant bourreau,
Et ne dut qu'aux enfers monter à l'échafaud,
Aux jours de la terreur, par lui-même inspirée,

Est la divinité par le peuple adorée.

Avec pompe, on conduit sa cendre au Panthéon;

Une lyre avilie ose chanter son nom,

Et mille arcs de triomphe, et mille mausolées,

De sa gloire ont flétri nos cités désolées.

L'Apelle des Français (1), d'un coupable pinceau,

Le fait revivre à l'œil, en son mouvant tombeau.

Voyez au Carrousel surgir la pyramide,

Funèbre monument d'une douleur stupide.

On l'orne de cyprès, on y brûle l'encens,

Le démon a son culte et ses prêtres fervens.

Reliques, on y voit sa baignoire sanglante,

Sa barbare écritoire et sa lampe mourante;

Un guerrier y veillait et le jour et la nuit!

L'anarchie à ce point, peuple, t'avait séduit.

Honneurs d'ignominie et de courte durée!

Sa dépouille aux égouts sera bientôt livrée.

Cependant, ô Corday, digne d'un meilleur sort,

Thémis, aux yeux voilés, te condamne à la mort.

L'échafaud est dressé; sans changer de visage,

D'un pas ferme, elle y monte et fait voir son courage.

Croyant ouïr les chants du séjour immortel,

Ses pas de l'échafaud la conduisent au ciel.

Aux lis de son beau sein la pudeur joint la rose;

Un sourire divin sur sa bouche repose.

(1) David.

En paix avec son cœur, pure image des cieux,
Vers son Dieu qui l'attend elle a tourné ses yeux.
L'exécuteur s'émeut ; sa main semble engourdie ;
Telle, à regret, la faux, d'un lis tranche la vie....
Mais la hache est tombée.... Hélas ! Corday n'est plus.
Par les anges en chœur ses mânes sont reçus.
Tenant la palme en main, au front une couronne,
Brillante, à l'empyrée, en astre elle rayonne.
A nos derniers neveux rappelant ses vertus,
Gravons sur son tombeau : *Plus grande que Brutus.*
A défaut d'un autel que tu n'as pas en France,
Écoute, ô vierge, un chant de sa reconnaissance.

LE PARTAGE DE LA TERRE,

ou

LE POÉTE INDIGENT.

Imitation de Schiller.

Dédiée à Madame Héloïse A***.

« Accourez, ô Mortels! dit jadis Jupiter;
Partagez-vous le ciel, et la terre, et la mer;
Prenez, ils sont à vous, mais partagez en frères;
Puis adressez aux Dieux votre encens, vos prières. »

Sur ces biens , aussitôt , les cupides humains
Se sont précipités , en allongeant leurs mains.
Telle , à la métairie , on voit la troupe ailée
Au banquet s'élancer , d'une avide volée.

Le pêcheur , étendant ses filets sur les flots ,
A dit : « Ils sont à moi les fleuves , les ruisseaux. »
Le marchand vagabond , épris de la fortune ,
S'empare du trident qu'il ravit à Neptune.
Le berger nonchalant, au son du chalumeau ,
A son gré, dans les bois , a guidé le troupeau.
L'astronome , empruntant les ailes d'Uranie ,
Sur l'Olympe étoilé fait planer son génie.
Le chasseur , à l'affût , au détour d'un taillis ,
S'adjuge , sans façon , le lièvre et la perdrix.
Le lourd fils de Cérès, guidant ses bœufs dociles ,
Sillonne les guérets que son art rend fertiles.
Une lance à la main , l'intrépide guerrier ,
Pour voler aux combats , a dompté le coursier.
L'élève d'Esculape , armé de sa lancette ,
Prend l'or avec le sang du malade qu'il traite.
Le pontife indolent , aux prières livré ,
Pour vivre de l'autel , lève un impôt sacré.
Mondor le financier , habile aux jeux de bourse ,
Prend l'argent des joueurs ruinés sans ressource ;
Et le juge en simarre , au tribunal assis ,
Dirige la balance , et remplace Thémis.
La folâtre beauté , Laïs ! fut ton partage :

Tu vends cher à l'amant un trompeur esclavage !
Finissons par les rois , qui se font couronner
Pour lever des tributs et tous nous dominer.

De retour du pays des rêves , des chimères
Où s'égaraient ses pas aux bords imaginaires ,
A des illusions consacrant ses instans ,
Aux échos fatigués ayant redit ses chants ,
Enfin , tout haletant , vient le distrait poète :
Il croit trouver encor une part toute prête.
Une lyre , un laurier forment tout son avoir :
L'indulgent Jupiter veut bien le recevoir.
Tout était partagé , le ciel , la terre et l'onde...
Le poète abusé , de sa douleur profonde ,
Sur un luth inspiré , module les accords.
Tel Orphée , aux enfers , a su flatter les morts.
« Jupiter ! lui dit-il d'une voix argentée ,
Ma lyre sur la terre est donc déshéritée !
Et Cybèle , et Neptune , et l'Éther radieux
Exilent sans pitié ton chantre harmonieux. »

« Mon fils , répond le Dieu qu'attendrissent ses larmes ,
La misère , pour toi , ne sera pas sans charmes ;
Aux terrestres présens il te faut renoncer ,
Mais au séjour des dieux tu pourras t'élancer.
Savoure , à mes banquets , le nectar , l'ambroisie :
Les princes et les rois honorent le génie.
Accepte , pour tout bien , l'*imagination*,
De la céleste flamme adorable rayon.

Du pouvoir de créer je t'investis et t'arme,
Et de plaisirs divins te fais goûter le charme.
Aux accords de ton luth mariant tes beaux vers,
Viens régner avec moi sur le vaste univers.
Vois, roulant à tes pieds, un globe de misère :
Aigle altier, prends ton vol au-dessus du tonnerre.
Sans belles, tu pourras triompher de l'amour :
Vénus est au poète, avec toute sa cour.
Abreuvé des torrens que verse le Permesse,
Sans les dons de Bacchus, tu goûteras l'ivresse.
Le front ceint des lauriers de l'immortalité,
Marche, escorté de gloire, à la postérité :
Quand tu chantes les dieux, les princes et les belles,
Le Temps brise sa faux et dépose ses ailes. »

Il dit, et satisfait de sa part de bonheur,
Le poète aussitôt, de son luth enchanteur,
Ravi, fait résonner la corde frémissante :
Écho redit l'accord aux vallons, qu'il enchante;
Les cèdres du Liban s'inclinent de plaisir;
De leur antre l'on voit les tigres accourir;
La Naïade, en sa grotte, adoucit son murmure;
La douce mélodie a charmé la nature.

PLAINTES DE CÉRÈS,

SUR

PERTE DE SA FILLE PROSERPINE.

D'après Schiller.

A Monsieur Emile L***.

reviens, ô printemps, tout va se rajeunir;
ois, parés de fleurs, les coteaux reverdir;
r plus pur se parfume, et d'un ciel sans nuage
fleuves azurés réfléchissent l'image.

Zéphire dans les bois ramène les oiseaux,
Et la Dryade en fleurs étend ses verts rameaux :
Joyeux, tout se réveille et renaît à la vie :
Ma fille à mon amour seule reste ravie !

A l'explorer en vain, de mes pas chancelans,
Errante, je parcours et les monts et les champs.
De ton disque, Phébus ! empruntant la lumière,
J'envoyai tes rayons dans la nature entière ;
Ils n'ont pu découvrir la trace de ses pas ;
Le jour, qui trouve tout, ne la retrouve pas.
Est-elle dans les cieux ?.... ou près du noir Cocyte,
Épris de ses attraits, Pluton l'a-t-il conduite ?
Qui dépêcher vers elle aux implacables bords ?
Dans sa barque Caron ne reçoit que les morts.
S'il est mille sentiers qui mènent au Tartare,
L'affreux Styx, au retour, oppose une onde avare.
Mères qui descendez des cailloux de Pyrrha,
A travers les bûchers la mort vous conduira,
Vous rejoindrez l'objet de votre amour fidèle....
Qu'il est cruel, le sort d'une mère immortelle !
Parques ! de vos fuseaux je réclame les lois,
D'une divinité méconnaissez les droits,
Car ils sont d'une mère un trop affreux supplice.
Sur son trône pâli que le jour s'obscurcisse,
Les horreurs des tombeaux ne peuvent m'émouvoir :
Ma fille ! aux sombres bords, j'irai pour te revoir.

Vain désir ! vain espoir ! mon importune plainte

Ne peut changer du sort la loi terrible et sainte.
Au milieu des enfers déployant ses couleurs,
Iris de son écharpe un jour sèche nos pleurs,
Et le noir Achéron, éclairé par l'aurore,
Devra ressusciter les morts qu'il garde encore.
Solitaire, j'attends ce lointain avenir....

Mais, dès ce jour, mes yeux peuvent le découvrir.
Les vivans et les morts ont fait une alliance ;
Je te romps, des tombeaux mystérieux silence !
Je sacrifie au Styx, par les dieux même craint,
De mes épis dorés quelque fertile grain :
Germe, je le descends dans la féconde tombe ;
Au cœur de mon enfant mon offrande retombe....

Les Heures, en cadence, amenant le printemps,
Phébus promène au loin ses yeux vivifians :
Ce qui fut mort, par lui, tout brillant ressuscite ;
Le germe, dans les airs, et s'élève et s'agite :
La racine et la tige, emblème ingénieux !
Vont l'une vers la terre et l'autre vers les cieux.
Quelques grains ont produit ces moissons abondantes
Qui du monde ont couvert les plaines jaunissantes....
Le ténébreux Tartare et l'Éther radieux
Forment, dans la nature, un tout harmonieux.
Le néant est un mot créé par l'ignorance ;
De la destruction sort toujours l'existence ;
Les formes ont changé, mais la création
Du pire au mieux élève un céleste embryon.

Salut donc, du printemps ô filles renaissantes !
En respirant, ô fleurs ! vos odeurs délectantes,
De ma fille aux enfers j'entends les doux accens :
« Les morts que vous pleurez sont encore vivans. »
Quand la fleur, dans les champs, ouvre son beau calice,
Quand le froid aquilon la condamne au supplice,
Au printemps, en hiver, venez, sensibles cœurs,
Partager de Cérès la joie et les douleurs.

LA CHUTE DE L'HOMME.

SCÈNE BIBLIQUE.

———

Le Serpent, Eve, Adam et l'Eternel-Dieu.

———

LE SERPENT.

Du paradis terrestre, habitans fortunés,
Coulez des jours heureux, aux plaisirs destinés :
De ce riant jardin immortelle parure,
Vous êtes, croyez-m'en, les dieux de la nature.

Méprisez d'un tyran le caprice pervers ;
A vos désirs sans frein soumettez l'univers :
Vous enchaîner toujours dans l'état d'ignorance ,
De vos droits les plus chers c'est une injuste offense.
Dieu vainement a dit : « Au milieu du jardin ,
Un arbre, avec ses fleurs, vous offre un fruit divin :
Vous n'y toucherez pas ; car telle est ma défense ;
Je punirai de mort la désobéissance. »
Vous ne périrez pas en goûtant de son fruit ,
Mais vous discernerez ce qui plaît, ce qui nuit :
A vos yeux dessillés brillera la lumière ;
Vous marcherez égaux au maître du tonnerre.

ÈVE présentant à Adam le fruit défendu.

Tu l'entends, doux ami , tout cède à nos désirs :
Ne suivons d'autre loi que celle des plaisirs.
Savoure le beau fruit qu'a cueilli la main d'Ève :
Quel éclat velouté, qu'un doux parfum relève !

ADAM.

Source des voluptés , qui fais battre mon cœur ,
T'obéir est pour moi le suprême bonheur.
Au remords, s'il en est , j'imposerai silence,
Et connaîtrai par toi l'arbre de la science.

L'ÉTERNEL-DIEU.

Misérables ! fuyez ! le crime est consommé :
A vos pas sans retour Éden sera fermé.

Maudite soit la terre ! Au lieu de fleurs divines,
Hérissez-vous, chardons et poignantes épines.
Allez, à la sueur de vos fronts pâlissans,
Dans les pleurs et l'exil, manger l'herbe des champs.
L'ange exterminateur, gardant l'arbre de vie,
De cueillir de ses fruits vous ôtera l'envie.
Soumise à son mari qui la dominera,
Dans d'affreuses douleurs la femme enfantera.
Sur vos têtes, grondant, entendez le tonnerre :
Vous étiez immortels.... redevenez poussière.

Et toi, serpent, maudit parmi les animaux,
Sur tes flancs venimeux va rouler tes anneaux ;
A l'homme qui t'écrase, en te foulant sous l'herbe,
Fais sentir, en sifflant, ton aiguillon superbe.

IMPRIMERIE DE SELLIGUE, RUE DES JEUNEURS, N° 14.

www.ingramcontent.com/pod-product-compliance
Lightning Source LLC
Chambersburg PA
CBHW061628180626
46818CB00005B/2283